LE TEMPS JADIS.

FERD. POUYADOU.

LE TEMPS JADIS.

POÉSIES.

Ne se trouve pas en Librairie.

1864.

Périgueux. — Imprimerie Charles RASTOUIL.

PRÉFACE.

La plupart des pièces que voici ont paru autrefois dans divers organes de la petite presse parisienne : *la Tribune des Poètes, le Rabelais, la Voix des Écoles, le Diogène, le Gaulois,* dans ces journaux fondés avec tant d'enthousiasme, et dont quelques-uns ont essayé de vivre. Aussi, ô mes vers, je vous dédie à ces amis d'alors qui vous aidèrent à affronter le grand jour, et puisse votre présence leur rappeler ces bonnes heures, déjà si éloignées, qui furent si pleines de liberté, de franches joies et d'indépendance.

Ce petit volume — bien peu de chose, hélas! — que j'imprime pour moi sans aucun souci de sa majesté la Renommée, — est tout ce qui me reste de ma vie passée; de la charmante vie vécue dans ce monde jeune, vivant, qui garde intact au fond du cœur le culte fervent de l'art, cette religion des intelligences; dans ce monde qui travaille, lutte, et monte à l'assaut de l'avenir par l'étroit chemin du doute et de la pauvreté. Combien y disparaissent, l'âme inassouvie, emportés par le tourbillon, et qui ont eu le temps de voir venir la désespérance.

Il faut, pour arriver au rayonnement du succès, porter l'*œs triplex circà pectus* dont parle Horace, et avoir le *quelque chose là* d'André Chénier. Dans ce monde, l'orgueil de soi-même est une vertu, mais la médiocrité est un vice. Trop souvent on y voit accouplés la médiocrité et l'orgueil, parce qu'il en est bien peu qui veuillent s'avouer trop faibles et qui se retirent,

Ce que j'ai fait.

Mais

<blockquote>Ce temps était le bon,</blockquote>

comme dit le vieux marquis de Nangis dans *Marion Delorme*, et ces pages volantes ainsi rassemblées m'en seront un cher souvenir.

Quelle joie intime ce doit être, alors qu'on a traversé les plus énervantes réalités de la vie, qu'on est arrivé à la lassitude de l'esprit et du corps, alors qu'on a perdu de vue les lettres depuis bien longtemps, de feuilleter quelquefois au coin du feu un exemplaire religieusement gardé du premier livre, où toutes les voix du *temps jadis* reprennent en chœur la bonne chanson de la jeunesse.

Ferd. POUYADOU.

AVIS.

Ce petit livre n'est pas fait
Pour s'en aller chez un libraire,
L'auteur craindrait qu'il ne sut plaire
Pour l'argent que l'on y mettrait.

Il n'a pas au cœur la fumée
De vouloir qu'on parle de lui ;
Son père se moque aujourd'hui
De sa grandeur, la Renommée.

Autrefois, alors qu'on rêvait,
C'était bon de croire à la gloire ;
Mais la réalité revêt
Une figure un peu plus noire ;

Or seule, elle existe pour nous
Qui, laissant les régions hautes,
Dont nous voulions être les hôtes,
Sommes allés planter nos choux.

Mais nous gardons le droit sans doute
De regretter le temps jadis,
Et suivre du regard la route
Où nous passions gais et hardis.

Il me fera, ce petit livre,
Écouter de lointaines voix,
Et par moments encor revivre
Hors du présent, comme autrefois.

Il est fort mince de science,
N'ayant pas besoin d'avenir;
Il n'attend rien de l'espérance,
Mais seulement du souvenir.

LE TEMPS JADIS

A FERNAND BELLIGÉRA.

Quelle étrange douceur avez-vous qui contraigne
— O chers ressouvenirs des bonheurs disparus —
L'âme à se reporter, même alors qu'elle en saigne,
Des maux du temps présent aux biens des temps perdus !

Amédée ROLLAND.

Alors qu'échappés tous deux des écoles,
Quand le plein soleil sur nous éclatait,
Si nous avons eu quelques heures folles
En prenant le temps pour ce qu'il était,

Vieux, si nous avons, la chanson aux lèvres,
Redit le refrain tant accoutumé,
Si, pour apaiser nos joyeuses fièvres,
Avec nos vingt ans nous avons aimé,

Au pays latin, parmi la Bohème,
Si nous avons fait des vers aux beautés
Qu'à la *closerie* on suit et l'on aime,
Quand c'est le retour des tièdes étés,

Et si nous avons chassé les bottines
Qui, pour se sauver, font leurs deux pieds lourds,
Et rôdé parfois près des crinolines
Couvertes d'indienne ou bien de velours,

Si nous avons bien, de toutes ces choses :
Poésie, amour, chansons, — sans soucis
Usé bravement, — mettant les nuits roses
En place des jours, et les jours des nuits,

Applaudissons-nous ! Car l'heure présente
Est triste, et nous fait pleurer le passé ;
Absents les amis, et la joie absente :
Les vers sont finis, les chants ont cessé.

Tous deux, un matin, par deux routes creuses,
Nous sommes partis, le cœur hésitant ;
Où donc maintenant sont nos amoureuses ?
Avril a fondu les neiges d'antan.

En quel pays bleu nos rêves de gloire,
Déployant leur aile, ont-ils pris l'essor ?
Où donc la chimère à laquelle croire ?
Notre pauvre cœur vibre-t-il encor ?

Hélas ! Songes d'or, chansons de poëte,
Amours étayés de sable mouvant,
Le cœur de Ninon, les yeux de Juliette,
Autant en emporte un souffle du vent.

NEIGES D'ANTAN

A LOUIS BOUILHET.

Voici que j'ai fermé le livre
De ma jeunesse, et que je livre
A tous les caprices ailés,
Ces prisonniers de la veillée,
Que me gardait la clef rouillée
Des ressouvenirs envolés.

Adieu ! pauvres jours de folie !
Aujourd'hui la sagesse lie,
Lie en gerbe vos épis d'or,
Et c'est le temps qui, dans son aire,
Fera de vous cette poussière
Des souvenirs, qu'on aime encor.

A travers la marche rapide
Où notre âme à tâtons se guide,
Comme il est bon, comme il est doux,
Quand s'éteint l'ardeur du jeune âge,
De refaire un dernier voyage,
O vieux jours, au milieu de vous !

Déjà le temps donné s'achève :
Ramenons encor notre rêve,
Qui n'est pas un rêve menteur,
Dans ces cercles où la mémoire,
Pour refaire la vieille histoire,
Promène son fil conducteur.

J'aime bien de ces pensers vagues,
Semblables au brouillard des vagues,
Sonder parfois l'obscurité ;
Et je vois, à travers leur voile,
Briller — faible lueur d'étoile —
Un demi-jour de vérité.

Là tout revient ; tout : la maîtresse,
Et les travaux, et la paresse,
Les francs amis et les chansons ;
Les instants d'un heureux délire,
Les jours d'ennui, les jours de rire,
Les instruments aux joyeux sons.

En hiver, sous la cheminée,
Après la morose journée,
Les récits refaits tant de fois ;
Longs avis, et sages paroles,
Puis, à l'été, les courses folles,
Et par bandes, dans les grands bois.

Amis ! vous souvient-il des heures
Où, gagnant le soir nos demeures,
Nous marchions à pas cadencés,
En escomptant l'avenir sombre,
Et toujours redoublant le nombre
De tant de projets insensés.

Comme on portait la tête fière !
Et comme on narguait la misère ,
En lui jetant un haut défi
A travers nos chimères roses !
Hélas ! à remplir tant de choses
Quel avenir aurait suffi ?

O cœurs d'alors ! sublime leurre !
Pour moi je regarde et je pleure :
De l'horizon a disparu
L'auréole d'or qui couronne
Les fronts dont le printemps fleuronne,
A laquelle nous avions cru !

Combien sont partis ! combien d'autres
Se sont faits depuis les apôtres
Des dieux autrefois ennemis ;
Et de ceux-là qui restent même
Combien ont l'âme froide et blême,
Combien enfin sont endormis !

Oui, je veux de ces jours d'ivresse,
Évoquant l'âme enchanteresse,
Retrouver, quoiqu'il soit bien tard,
Ce bonheur perdu que la foule
En ses flots tumultueux roule,
Tout ce que j'avais au départ.

Hélas ! c'était cela sans doute
Qui fut la sagesse, et la route
Se bifurquant devant nos pas,
Nous avons, à la place étroite,
Dévié de la ligne droite.
Revenir ! on ne le peut pas.

Le temps a fermé le passage :
Il faut, obéissant à l'âge,
Jeter cet espoir consolant ;
Il faut que l'horizon s'abaisse,
Et, quelque regret que l'on laisse,
Regarder toujours en avant.

LES AMIS DU TEMPS JADIS.

Comme Villon, mon vieux poète,
Je voudrais bien qu'une âme honnête
Put me dire où, dans quel pays,
Dispersés, ainsi que la feuille
Des arbres que l'orage effeuille,
S'en sont allés tous mes amis.

Tous ces bons amis de l'école
Qui vivaient leur jeunesse folle,
Croyant qu'on a toujours vingt ans ;
Puis mes compagnons de Bohême,
Auxquels l'art donnait le baptême,
Qui vivaient pauvres, mais ardents,

Ardents à suivre, dans le doute
Et dans la pauvreté, leur route,
Étroit sentier bordé d'écueils,
Les yeux levés vers l'espérance,
Ayant pour appui la constance
Et les légitimes orgueils.

Où sont-ils les uns et les autres,
Les disciples et les apôtres
Que je suivis et que j'aimais?
Étudiants, peintres, poètes,
Dites où sont nos belles fêtes?
Elles ne reviendront jamais.

Où donc GAUDIN? un sybarite
Aimant Marie et Théocrite
Et les églogues de Chénier;
BARRILLOT, l'auteur de *la Folle
Du logis*, qui, sans hyperbole,
Grisait la muse en son grenier?

En quel coin caché de la terre
Vit l'élégant et blond Espierre?
Bergier, l'homme de Michelet?
Mon vieux Coursaget, l'impassible,
Qui, sans doute, servit de cible
Au bon Dieu, des jours qu'il grêlait.

Hipcher, qui, sans branler la tête,
Vidait sa quinzième canette,
Soit chez Prévost, soit chez Andler?
Dusolier, un conteur aimable?
Deslandes, gérant responsable,
— De quoi, certe, il n'avait pas l'air. —

Où sont-ils, ceux, troupe indocile,
Dont Poitiers, la morose ville,
Saluait alors les exploits?
Aubrun, Lefranc, Bonnet, Delage,
Dans les fantasias du bel âge
Y suivaient l'étude des lois.

C'est là, buveurs infatigables,
Qu'on les voyait charger les tables
De mooss prompts à se remplacer.
ARBELLOT, LEDOUX, LAMINIÈRES,
Peut-être vous êtes notaires.....
Les mooss n'auront fait que passer.

Et ceux de *Paris*, TANDOU même,
Un de ceux que le mieux on aime?
Qui plus, hélas! qui plus encor?
WARNER, du *Gaulois*, FRANCK, EYGUINE,
Le beau MARCEL de Valentine,
GARRAN, l'imberbe, aux cheveux d'or.

Où sont HARDY, l'homme incroyable,
DEBUREAU, poil rouge intraitable,
SAVIGNY, dont le père était
Sur le radeau de la *Méduse*,
CHATONET, amant de la muse,
DUBOYS, que la muse adoptait.

Sur quelle grève désolée,
VERNIER, dans l'Afrique étoilée,
Languit-il parmi les proscrits?
Et dans quelle rue incertaine
WATRIPON-VILLON, outre Seine,
Regrette-t-il son vieux Paris?

SAINT-LARY, qui fit un volume :
Les Chutes fatales. — Sa plume
N'y dit rien; la chose est fort mal. —
Des chutes du Rhin qu'on admire,
De celle des cheveux, et pire :
Rien de la chute de cheval.

Tant d'autres, hélas! que j'oublie!
Où sont-ils? A travers la vie
L'écho ne me dit plus leur nom.
POITEVIN a planté sa tente
Sur les rives de la Charente,
Futur avocat de renom.

Mont-Giron dans la finance entre.
Quelque jour il portera ventre,
Tout sonnant de breloques d'or ;
Nous, nous tirerons sous la table,
Comme aujourd'hui, la queue au diable,
Si pourtant elle tient encor ;

Car tant, tant, sous la voûte bleue,
Tirent le diable par la queue
Qu'un beau jour elle cassera,
Tant pis !.... Pour le palais, Dufresse
A quitté les bords du Permesse
Où parfois jadis il erra.

Esprits charmants, plusieurs du nombre
Au grand jour sont montés de l'ombre :
Muller fleurit au *Moniteur*,
Bataille, le hardi, prospère,
Philoxène est célèbre... et père,
Et Bouilhet a la croix d'honneur ;

Avec son nom dans le théâtre,
Devant un parterre idolâtre,
Le nom de ROLLAND retentit.
Secouant les torpeurs premières
Aux accents de leurs muses fières,
Le vieil Odéon rajeunit.

FEYEN, le voisin des étoiles,
Prodigue en Crésus sur les toiles
La lumière et les tons hardis ;
Et FLAMENG grave sur le cuivre
Les pages splendides d'un livre
Révélant l'étrange Paris.

Chacun d'eux, rêvant quelque chose,
Va vers le but qu'il se propose ;
Tous en ont un, hors moi le mien,
Moi, qui tout seul, homme inutile,
Au village ou bien à la ville,
M'en vais flânant et bon à rien.

Mais, que mars grêle ou juin flamboie,
Me souvenir d'eux est ma joie
Quand vient l'hiver, au coin du feu,
Au printemps, couché sur la mousse,
Contemplant le blé vert qui pousse
Et les petits pois du bon Dieu.

FONTENAY-AUX-ROSES.

Toi dont les pampres verts tapissent les demeures,
Où mon cœur a vécu ses plus tranquilles heures,
Quand, fuyant les pavés de la grande cité,
J'y vins m'ensevelir, par un matin d'été,

O Fontenay joyeux ! villa mère des roses,
Où tout sourit à l'âme ennuyée, et qui poses
Nonchalamment ton front dans le vallon vermeil,
Comme sur les flots bleus un rayon de soleil,

Je t'aime, moi! j'aurai bien longtemps ton image
Gravée au souvenir, inaltérable page
Dans ce livre si noir de vie et de tourment,
Où tout nous jette au cœur le désenchantement.

Ma fenêtre s'ouvrait au levant, et le lierre
L'encadrait; des oiseaux la troupe familière
Qui dans son fouillis creux nichait depuis longtemps,
Orchestre matinal, y chantait le printemps.

Dans le vague des nuits, on y croyait entendre
Comme de harpes d'or le son plaintif s'étendre,
Ou bien du rossignol, caché dans les buissons,
Au lointain, le gosier ruisselait de chansons.

Comme nous y vivions! t'en souvient-il, ma chère?
Et comme tous les deux, dans l'ombre et le mystère,
L'un sur l'autre penchés, quand tout était fini,
Nous, de notre bonheur nous refaisions le nid!

Pauvre nid ! pauvre oiseau ! mais tu m'aimais encore
Et tu me le jurais, de la nuit à l'aurore ;
La tiédeur de la brise avait molli ton cœur,
Tu croyais dire vrai. — Pauvre nid du bonheur,

Ton caprice a soufflé sur les feuilles légères,
Sur l'onctueux duvet qui garnissait ses bords,
Et feuilles et duvet au pays des chimères
Se sont évanouis. Et toi ! pas de remords.

Nous nous étions posés sur une branche morte
De cet arbre d'amour où le rêve nous porte,
Par mégarde, est-ce pas ! L'ouragan a passé
Après un jour brûlant, et la branche a cassé.

Tu t'es enfuie, hélas ! et moi seul je conserve,
Comme un vin bienfaisant que l'on tient en réserve,
Le doux ressouvenir du bonheur envolé :
Triste, j'en bois un verre, et suis plus consolé.

Tu t'es enfuie, hélas ! et moi, lorsque l'année
A, de son chant joyeux, réveillé le printemps,
Espérant qu'un regret là t'avait ramenée
Peut-être, je revins y chercher mes vingt ans.

Mais je reviens en vain, chère, la maisonnette
Est close, et rien ne tremble à ses contrevents verts ;
Le jardin est désert, et la fleur est muette,
Le vent murmure seul dans les volets ouverts.

Ah ! c'était toi la joie et le bonheur, petite ;
C'était toi le printemps ; c'était toi la gaîté ;
Toi qui faisais parler tout bas la marguerite,
A qui parlait le vent. — Pourquoi m'as-tu quitté !

Je reviendrai souvent, ô Fontenay-les-Roses,
Dussé-je au souvenir encor me déchirer,
Parfumer de tes fleurs mes tristesses moroses !...
Et puis, c'est un bonheur quelquefois de pleurer !

CEUX DE LA BOHÊME

A AMÉDÉE ROLLAND.

> Comme des Satrapes d'Asie
> Nous, poètes, nous paressons ;
> Le rien-faire et la poésie
> Sont nos éternels échansons.
>
> Fern. BELLIGÉRA.

Enfants de la Bohême folle,
Porteurs de lyre ou de pinceaux,
Vous les échappés de l'école,
Les insoucieux jouvenceaux,
Qui jetez vos heures choisies
— La fine fleur de vos vingt ans —
Aux quatre vents des fantaisies :
Notre jeunesse n'a qu'un temps.

N'attendons pas les jours moroses
Des hivers si prompts à finir
Où les portes nous seront closes
Qui s'ouvrent droit sur l'avenir ;

Cheminons avec l'espérance,
Sans peur des rires insultants
Faisons deux parts de l'existence :
Car la jeunesse n'a qu'un temps.

Allons sans crainte et sans faiblesse,
Hardiment, la main dans la main,
A travers la mêlée épaisse
Où chacun tente son chemin.
Peut-être le succès, rebelle
A couronner les combattants,
Nous refera plus fraîche et belle
La jeunesse qui n'a qu'un temps.

ENVOI.

Amis, au déclin de la vie,
Viendront, un jour, les lourds instants,
Où, regrettant cette folie
Qui dorait nos premiers printemps,
Nous dirons, — nous, vieux qu'on oublie : —
La jeunesse n'avait qu'un temps.

LES FANTOMES MÉTALLIQUES

A FIRMIN MAILLARD.

> Hélas ! que j'en ai vu mourir de jeunes filles !
> C'est le destin ! il faut une proie au trépas !
>
> V. Hugo.

> *Nequicquam fundo suspirat nummus in imo*
>
> Perse.

I.

Hélas ! que j'en ai vu filer de pièces rondes,
De pièces de cent sous ! Ce sont les lois du sort.
Le navire azuré disparaît sur les ondes ;
Dans nos bourses aussi, jaunes, rouges ou blondes,
    L'écu tour à tour entre et sort.

Il faut s'y résigner. Il faut des Danaïdes
Que le tonneau rebelle épuise leur ardeur,
Qu'un voile à nos regards dérobe les sylphides,
Que la *pane* aux doigts secs laisse nos poches vides
    Avec le fond de notre cœur.

Oui, c'est la vie ; après le plaisir, la grimace,
Après le blanc métal, le cuivre et les gros sous.
Autour d'un tapis vert souvent l'on siége en masse,
Mais combien de joueurs, hélas ! quittent la place,
    Dont le gousset n'a que des trous.

II.

Que j'en ai vu filer ! L'une était de l'Empire,
L'autre de Charles X, une autre de Louis.
Une au manteau crasseux, impossible à décrire,
Et toutes en fuyant comme un léger zéphyre,
    Tintaient des sons évanouis.

Et toutes ont dansé leurs rondes fantastiques,
Brillant comme en la nuit des lueurs de falots,
Comme de faux écrins à l'étal des boutiques,
Faisant strider dans l'air des rires sardoniques
    Et des bruits de grelots.

Une, dans un accès de soif forte et joyeuse,
A glissé de mes doigts au marbre d'un comptoir;
Une s'en alla clore une lèvre amoureuse;
Une autre m'a semblé me dire, dédaigneuse,
    Tu n'es pas digne de m'avoir.

Oui! toutes ont passé comme des ombres vaines,
En me laissant au cœur un immense désir.
Elles seules pouvaient m'arracher à mes chaînes,
Et je suis maintenant bien seul avec mes peines,
    Et puis... leur souvenir!

III.

Une surtout, naïve et jeune République,
Front luisant de blancheur, noble enfant d'atelier,
La forme svelte et pure, exergue au moule antique,
Et ce charme inconnu , cette auréole unique
    Prise au soleil de février.

Tout en elle était grand, tout, jusqu'à sa jeunesse :
Aux plus audacieux inspirant le respect,
Je l'avais entourée, hélas! de ma tendresse,
L'aimais comme un amant sa première maîtresse ,
    Et m'enivrais de son aspect.

Ah! reste près de moi, comme auprès d'un bon maître,
Lui disais-je tout bas en murmurant son nom;
Mon cœur a souvenir du jour qui te vit naître,
Qu'un autre sans pudeur profanerait peut-être ,
    Reste avec moi.

IV.

— Mais non !...
J'aimais trop le Prado, c'est ce qui l'a tuée !
Non qu'il soit ravissant ou bien délicieux :
Les femmes du Prado me donnent la nausée.
En les voyant danser, poussiéreuse nuée,
　　On ne peut pas rêver des cieux.

Mais j'aimais trop ce bal. Un soir, heure fatale,
Contre mon pauvre écu tout semblait conspirer ;
La chaleur étouffait dans cette longue salle :
Blondinette avait soif... je sentis mon front pâle
　　Et mon cœur se serrer.

Dans mon gousset ému, ma misérable pièce
Trembla ; la peur la prit ; juste pressentiment !
Je la touchai du doigt ; las ! c'était la caresse
Dernière qu'au départ ferait à sa maîtresse
　　L'inconsolable amant.

Du punch ! me dit l'enfant. — Tous deux de la buvette,
Moi triste, elle riant, nous prîmes le chemin.
Je marchais comme Loth en détournant la tête,
Étreignant dans mon cœur cette douleur muette,
    Et cette pièce dans ma main.

Oh ! que le condamné qui voit l'heure dernière
S'approcher lentement, boiteuse, pas à pas,
Doit souffrir de tourments dans sa nuit solitaire,
Se raidissant en vain, sans espoir sur la terre,
    Et se tordant les bras.

Ainsi, moi, j'étouffais ; le rude sacrifice
S'accomplit ; je payai, faisant le généreux
— O pitié ! — le garçon, que l'enfer le bénisse !
Et maintenant mon front tout nuageux se plisse :
    Nous ne sommes plus deux !

Des sous vertdegrisés, quelques pièces stupides,
Petites, sans passé, sans avenir surtout,
Voilà ce qui me reste ; et dans le cœur, des rides.
Et des larmes perlant sous mes longs cils humides,
    Voilà !... Puis c'est bien tout !

SOUVENIRS DE NOTRE-DAME-DE-PARIS

A VICTOR HUGO.

Alors que par-delà l'étroite plate-forme,
Penchant ton œil unique et ta masse difforme,
A l'abri du regard de ton maître Frollo,
Tu contemplais l'espace, ô vieux Quasimodo ;
Qu'Esmeralda passait, vision énervante,
Et repassait toujours dans ta tête brûlante,
Comme un penser de crime à l'âme du bandit,
Comme un ange fatal sur le front du maudit ;

Quand tu voyais cet homme à la face terreuse,
Dos courbé, front ridé, lèvre bleue et fiévreuse,
Ce prêtre, ton mentor, qui t'inspirait la peur,
Dont tu fus si longtemps le chien vil et flatteur,
Et que tu haïssais maintenant; à cette heure
Où tu le vis, furtif, sortir de sa demeure
Au tomber de la nuit, et que tu le suivis
Dans sa course insensée au sein du vieux Paris,
— Dis-nous, que pensais-tu? Quel volcan dans ton âme
Faisait au contre-coup étinceler la flamme?
De projets tortueux quel sinistre conflit
Bouleversait ton être au milieu de la nuit?
Que lire dans ton rêve? — Elle était là sans doute,
Toujours là devant toi, suivant seule sa route
Sans retourner la tête, ou bien de sa chanson
Jetant l'air et le bruit aux échos du balcon;
Bohémienne aux yeux noirs, rieuse, vive et franche,
Passant légèrement avec sa *djali* blanche.
Elle allait, quand ton cœur fou d'amour et d'effroi
Battait dans ta poitrine à rompre la paroi,
Retrouver son Phœbus — cavalier magnifique,

Qui paradait si bien dans la place publique,
Sur son palefroi blanc — homme de peu de cœur,
Au jugement étroit digne du grand seigneur ;
Soudard de ce temps-là pour les coups et les ruades,
Grand videur de flacons, grand diseur de bravades.
Esmeralda l'aimait, lui se laissait aimer,
Sans rien prendre à ce cœur qui le put animer.

L'autre, le prêtre, avait, à cet amour de femme,
Torturé sa pensée, et renié son âme.
Il allait, sans respect, sans crainte, sans pudeur,
— Et, ce qui le gênait, l'arrachant de son cœur —
Quand il la rencontrait, après la longue attente,
Se tordre à ses genoux, comme un damné de Dante.
Il la faisait souffrir, il la voulait. Comment
Toi, pour elle si doux, portais-tu ce tourment ?
Ah ! c'est que tu pensais aux tours de Notre-Dame ;
C'est que le châtiment avait lui dans ton âme,
Que tu sentais en toi qu'il touchait au néant,
Que, près de s'engloutir dans l'abime béant,

Il allait t'implorer, dans un dernier délire,
Et que tu pousserais un rauque éclat de rire,
Rire fou, résonnant à son cœur éperdu,
Quand il serait là-haut par un fil suspendu.

  . . . .

Étrange trinité d'amour! Phœbus le reître,
Quasimodo le sourd, Claude Frollo le prêtre.
Phœbus est toujours là. Pauvre Quasimodo,
Ta vie encor serait un triste et lourd fardeau.
Esmeralda n'est plus. Que de vierges timides
Dont la grâce et l'éclat étincellent toujours,
Qu'à l'ombre des murs froids et des piliers humides,
Convoitent en secret les Frollo de nos jours!

VIRGO.

C'est que la liberté n'est pas une comtesse.

A. BARBIER.

Elle a, depuis Brutus, depuis Philopœmen,
Sans jamais se souiller d'aucun impur hymen,
Vu passer devant elle une cohorte immense
De trônes et de rois pesés dans sa balance,
Et chacun des tyrans, la nuit, quand il rêvait
Trembla de la trouver veillant à son chevet.
Elle va lentement, et la main étendue
Comme pour retrouver une route perdue,
Qui doit de maux en maux, de soupir en soupir
La conduire à son but : l'immuable avenir !
Sa taille est élevée, et son allure étrange,
Sa tunique de lin pure de toute fange :
Son œil est plein d'amour, son front de majesté;
Pour trône elle a les cœurs, pour nom : la liberté !

BALLADE DES VENDAGEUSES

A E. DESMARTIN.

Par les chemins bordés de pierres
Qui serpentent sur les coteaux,
Les villageois à mines fières
Roulent charrettes et tonneaux;
Ce sont les peuplades joyeuses
Des jours d'automne revenus,
Voici courir les vendangeuses
Avec les hommes aux bras nus.

Elles s'en vont, les brunes filles,
Aux échos jetant leur chanson;
La vigne, gaîté des familles,
Craque sous sa riche moisson.

Oh ! les ballades amoureuses,
Que, sur des rythmes inconnus,
S'en vont chantant les vendangeuses
Avec les hommes aux bras nus !

Car le soleil de ce bas monde,
Le vrai soleil aux tons de feu,
C'est le vin qu'on boit à la ronde,
Le bon vin rouge du bon Dieu,
Visages blêmis, faces creuses,
Deviennent roses et charnus
Quand ont passé les vendangeuses
Avec les hommes aux bras nus.

ENVOI.

Amis, les heures sérieuses
Loin de moi vous ont retenus;
Venez : les peuplades joyeuses
Des jours d'automne revenus
Ont vu partir les vendangeuses
Avec les hommes aux bras nus.

CHANSON D'ÉCOLE

A ANTONIO WATRIPON.

On répète de temps en temps :
« Tous les goûts sont dans la nature, »
Goût de l'hiver et du printemps.
Goût du vin et de la parure.
Pour moi, le dirai-je? ici-bas
J'aime surtout avec ivresse.....
Amis, vous ne devinez pas,
Mon mois, mes livres, ma maîtresse.

Je ne suis point ambitieux,
Je vous en donne ma parole,
Mon budget arrive le deux,
Et Ninon rit comme une folle.

Si quelque peine m'assombrit
Un bouquin chasse ma tristesse,
Aussi j'aime, — je vous l'ai dit!
Mon mois, mes livres, ma maîtresse.

Nous sommes jeunes, soyons fous;
Trop tôt viendront les jours sinistres.
De ceux qui vinrent avant nous
Plusieurs ont été grands ministres...
Sous son habit pailleté d'or,
Où ne vibre plus la jeunesse,
Plus d'un, dit-on, regrette encor
Son mois, ses livres, sa maîtresse,

Qu'un bourgeois âpre, au cœur gâté,
Blémisse de peur et frissonne,
Comme les feuilles en automne,
Quand passe un vent de liberté!

Pour nous c'est un chant d'allégresse
L'écho des cœurs lui répondra,
Et nul d'entre nous n'y perdra
Son mois, ses livres, sa maîtresse.

Contre vos généreux élans,
Amis, que l'on crie et l'on gronde,
Laissez hurler les chats-huants,
Et les hibous de par le monde,
A vous, il faut le grand soleil
Qui les éblouit et les blesse ;
Laissez-les dormir leur sommeil,
Gardez : mois, livres et maîtresse...

Pour nous, amis, de l'avenir
Écoutons passer dans la brise
La voix qui s'en vient applaudir
A toute héroïque entreprise.

Tels que nous aurons commencé,
Osons aller à la vieillesse
En regrettant du beau passé
Le mois, les livres, la maîtresse.

RÉSOLUTION.

Vous me disiez toujours qu'elle n'était pas faite
Pour tenir dans sa main un cœur franc et loyal,
Vous alliez comparant, vous, l'amante parfaite,
Mon amour généreux à son amour banal.

Vous demandiez pourquoi, pleurant à chaudes larmes,
Couvrant de mes sanglots la voix de la raison,
Je demeurais brisé, sans courage et sans armes
Contre la lâcheté de cette trahison.

Vous qui saviez combien cette femme fut vile,
Dans son stupide orgueil, osant au dernier jour,
Me ricaner tout haut sa parole imbécile,
Et le cynisme au front marcher sur mon amour.

Vous aviez bien raison ! — c'est de l'idiotisme.
Je réveille aujourd'hui mon cœur endolori,
Mon cœur qui n'est pas mort dans ses jours de mutisme,
Que je sens battre encor, vivant quoique meurtri.

Je ne veux rien garder de ces heures mauvaises,
A plein verre, au matin, je me verse l'oubli,
Largement et joyeux je veux prendre mes aises
Dans la vie, et sortir de l'épreuve ennobli.

Elle n'était pour moi qu'une harpe sonore
Où je faisais vibrer un chant inespéré ;
L'instrument est brisé, l'artiste reste encore
D'harmonie et de son pleinement altéré !

Sur le chemin scabreux de l'espoir et du doute,
Ce fut comme une borne arrêtant le passant ;
L'obstacle est arraché ; moi, je reprends ma route,
Et déjà chante en moi le rêve renaissant.

Qu'est-ce donc que la vie aux heures de jeunesse,
Alors que l'avenir au loin est endormi,
Sans le sourire aimé d'une jeune maîtresse
Et le bon serrement de main d'un vieil ami.

Sans quelque chose, enfin, qui nous pousse et nous donne
Au cœur comme à l'esprit des élans généreux :
Amour, art, poésie, et tout ce qui fleuronne,
Et tout ce que l'on pleure au moment des adieux.

Je veux aller encor courir les plaines vertes,
Humer à pleins poumons l'air frais dans les grands bois
Où passent, en riant, les fillettes alertes
Que sous l'ombrage épais je suivais autrefois.

Je veux encore aimer... la nature, la femme,
Tout ce que fit de beau le maître Souverain ;
Le silence du cœur est fatal, et mon âme
N'a pas, de sa chanson, dit le dernier refrain.

Aimons donc ! aimons donc ! la divine science
A pour tous des secrets toujours inépuisés ;
Je n'aurai nul regret, n'ayant pas souvenance
Des jours que j'ai près d'elle indolemment usés.

SONNET.

Mon vieil amour de l'an passé.

Th. GAUTIER.

Je viens de le classer parmi les antiquailles
Cet amour qui chanta pendant tout un été,
Déjà sonne pour lui l'heure des représailles;
Je l'oublie... il est mort... il n'a jamais été.

Nous avons largement fêté ses funérailles;
A ce banquet final plus d'un fut invité;
Et maintenant, pareil à mes vieilles médailles,
Sur l'étagère en bois, il gît étiqueté.

Et petit à petit — souvenir éphémère ! —
Passent quelques instants, tombe un peu de poussière,
Je vais m'accoutumer malgré moi, tout de bon,

A le considérer comme une chose rare,
Un objet curieux, quelque joujou bizarre
Qu'un ami voyageur m'apporta du Japon.

RELIQUIÆ.

Oui! je t'ai bien longtemps aimée, ô folle femme!
Me laissant près de toi ballotter au hasard,
Content, insoucieux, je réchauffais mon âme
    Au feu de ton regard.

A tes pieds j'ai, mon Dieu! sans crainte ni murmure,
Égréné lentement le collier de mes jours,
Bercé par une voix qui console et rassure,
    Et qu'on entend toujours.

Dis-moi, t'en souvient-il, ô mon évanouie!
Nous n'avions tous les deux qu'une âme, qu'une foi;
Heureux, à pleins poumons, moi j'aspirais la vie
    A vivre près de toi.

Nous n'avions qu'un foyer aussi, chambre petite,
Bien haute, sous les toits, d'où l'on voyait au loin.
C'est là que notre amour, adolescent ermite,
    Reposait sans témoin.

L'amour ! tes chers oiseaux, dans leur gazouillis tendre,
Nous jetaient ce poème éternellement beau
Dont, depuis six mille ans, le monde fait entendre
    Le chant toujours nouveau.

Jamais ces longs dégoûts dont le temps nous dévore ;
Ton visage riant, ton sourire vermeil,
Faisaient, en plein hiver, entre nous deux éclore
    Un rayon de soleil.

Hélas ! hélas ! enfant ! dis-moi ce qu'il demeure
De ces jours qui brillaient en lumineux flambeaux ?
Pour déchirer mon cœur il t'a suffi d'une heure ;
    Qu'as-tu fait des lambeaux ?

Ce passé sans douleur, tu le foules sans doute
Sous les robes de soie aux plis ambitieux,
Dans l'or et les bijoux que sèment sur ta route
    Tes fades amoureux.

Oh! comme tout est loin maintenant! comme l'ombre
S'est épaissie autour de ces frais souvenirs;
Ton cœur s'en est allé de décombre en décombre,
    En d'impuissants désirs.

Le vice qu'aujourd'hui tu bois à larges doses,
— Gelée âpre venue aux premiers jours de mai. —
A brûlé dans ce cœur les fleurs à peine écloses,
    Ce que j'ai tant aimé!

Plus de rayonnements, plus d'amoureuse envie,
Ton âme est sans élan, et tes sens sont glacés,
Et ceux qui maintenant vont à travers ta vie,
    Voyageurs insensés!

Écoutent vainement pour saisir au passage
Quelque chose de toi qui réponde, un frisson,
Un éclair, tout est mort; nul écho du rivage
    Ne redit leur chanson.

Sous ton corsage noir, rien ne vibre et ne pleure;
Ce qui battait si haut à nos tendres soupirs,
N'est plus qu'un sec ressort qui leur mesure l'heure
    Dans les nuits de plaisir.

Tout cela, je le sais. Je sais que rien ne reste
De ce qui fut en toi ma joie et mon bonheur;
Je te sais dégradée, infidèle, funeste,
    Et de toi j'aurais peur.

Eh bien! toujours debout, le souvenir me raille.
Ces vieux jours, le présent n'en peut rien effacer;
Mon pauvre cœur encor se retourne et tressaille
    En te voyant passer.

CARTE DE VISITE

A Mme M.-H. DE LA GARDE.

Ah ! si nous avions autant de talent
Que de gratitude et que de tristesse,
C'est en vers dorés, ô charmante hôtesse,
Que nous vous paierions notre écot galant.

Dans nos cœurs émus la plus large place
Ne peut qu'à jamais vous appartenir ;
Et si vous doutez de ce souvenir
Daignez consulter un peu votre glace :

Elle vous dira que vos yeux si longs,
Comme les rayons d'un soleil d'Asie,
Dardent trop d'amour et de poésie,
Dans l'encadrement de vos cheveux blonds :

Pour que nous, toujours à la découverte
Du pur idéal et de la beauté,
Nous ne pressions pas avec volupté,
Le regret de vous — cette grappe verte —

Éclat rayonnant, sourire enchanteur,
A la fois l'esprit et la rêverie,
Diadème d'or, couronne fleurie
Qui pare le front et qui vient du cœur,

Ce portrait, c'est vous. Votre voix est pleine
De molles douceurs et d'entraînements
Que vous envierait une Italienne
De ce beau pays, cher aux cœurs aimants ;

De ce beau pays où votre jeunesse
Vient de promener son rêve enchanté ;
Terre où les beaux vers redisent sans cesse
Les amours nouveaux et la liberté.

Oui, nous garderons au fond de notre âme,
Pour en décorer les jours à venir
En un culte cher, votre nom, Madame,
Nom doux à savoir, doux à retenir !

Mais nous qui savons que vous êtes bonne,
Et que votre cœur est un cœur ami
Tout franc et loyal, et qui s'abandonne
A ne pas vouloir aimer à demi ;

Quoiqu'à votre front la grâce étincelle
Des attraits divers que nous admirons,
Quoique vous soyez séduisante et belle,
Comme un vieil ami nous vous aimerons !

3

ÉCLIPSE

Je crois bien que, malgré le charme doucereux
Des auteurs trop connus de grises tragédies;
Malgré l'encens épais que brûlaient autour d'eux
Les bourgeois effrayés par les muses hardies,

Malgré les airs penchés de leur reine classique
Qui tentait, mais en vain, dans *l'Honneur et l'Argent*,
De cacher au public les plis de sa tunique,
Pour prendre les badauds à son masque changeant;

Malgré les cris d'orgueil poussés dans la phalange
A l'exhibition de chef-d'œuvres ratés ;
Malgré les opéras où Clairville se venge,
Et les fades romans des conteurs brévetés ;

Je crois que c'en est fait. Cette piteuse *école*
Du bon sens, — dite ainsi parce qu'on en rira, —
La voilà qui s'enfuit, traînant comme une folle,
Ses haillons de papier que l'épicier vendra.

Clopin-clopant, Carré Michel et Barbier (Jule)
Avec monsieur Laya et le grand Pontmartin
Vont escortant Ponsard sur la route de Tulle
Où ce poëte lourd s'en va faire une fin.

Ils partent. Legouvé se jette à leur poursuite,
Saint-Ybars le Romain l'appelle, et tous déjà
Dans le chemin poudreux disparaissent. Ensuite
Tout est dit. Ils n'ont pas été. Nul n'y songea.

Ils devaient tout changer, disait-on au vulgaire ;
Ce qu'ils ont attaqué reste au même niveau
Et solide ; ils n'ont rien cassé. Leur cri de guerre
Ne fut qu'un air des champs joué sur un pipeau.

Bon voyage, messieurs ! n'oubliez pas de dire
A Baour, à Lebrun de vous rendre la voix,
Et que Hugo, dont vibre encor la grande lyre,
Met la dernière main à ses *Chansons des bois*.

LA MUSE DE MOLIÈRE

A PHILOXÈNE BOYER.

Aujourd'hui le temps qui dévore
Les jours fuyants — troupe sonore —
A travers le sombre inconnu,
Nous a, dans sa course pressée,
Rendu l'allégresse passée :
Un jour de fête est revenu.

Salut ! ô souvenir antique,
C'est aujourd'hui fête publique
Au glorieux pays de l'art ;
Molière naît : un siècle immense
Sonne l'heure de sa naissance,
Comme fanfare d'un départ :

Je suis la muse de Molière.
C'est moi qui marche libre et fière,
En le conduisant par la main ;
C'est moi qui, déchirant le voile,
Ai fait briller au ciel l'étoile
Qui rayonnait sur son chemin.

Drapée en ma blanche tunique,
Je suis la muse satirique
Jetant son diadème d'or :
Un génie ardent le ramasse ;
Trois siècles après, dans l'espace,
Son nom retentit jeune encor.

Molière! ce grand nom vole d'un âge à l'autre,
Nom cher et respecté de prophète et d'apôtre,
Que la foi dans son art ici-bas secourut.
Qui lui vouant sans peur et son âme et ses veilles,
A travers les jours pleins des luttes sans pareilles,
Pour elle résista, combattit et mourut.

C'est moi qui le soutint dans ses heures de fièvres,
Lorsque, la rage au cœur, mais front haut, rire aux lèvres,
A travers la tempète et l'orgueil rugissant,
Souriant à l'orage et sans courber la tète,
Calme, ainsi qu'au milieu des bravos d'une fète,
Il faisait pénétrer son souffle tout puissant.

O mon poëte aimé ! mon enfant et mon maître !
Que ce monde honteux en te voyant paraître
T'enveloppa de haine, et rugit aux abois !
Tous les vices d'alors, et toutes les colères,
Ainsi que des bandits surpris dans leurs tanières,
Se ruaient de tous côtés pour t'étreindre à la fois.

C'est alors que l'on vit cette famille immense
Des beaux fils éhontés, des pères en démence ;
C'est alors qu'on les vit : faux savants, faux dévots,
Stupides enrichis, bourgeois niais et minces,
Gentillàtres bâtés venus de leurs provinces,
Avares abrutis sur l'or dans leurs caveaux,

Géronte et Sganarelle, Harpagon et Clitandre,
Bélise, Trissotin, Célimène, Léandre,
Le peuple des seigneurs, et celui des valets
Tour à tour à tes pieds, et par ta seule force,
Courbés et dépouillés de leur brillante écorce,
Apparaître partout, nus, difformes et laids.

C'est alors que Tartuffe, à mine jaune et flasque,
Écuma sous la main qui déchirait son masque,
Et traînait au soleil ses vils instincts rampants,
Et que le grincement de ses dents venimeuses
Dans l'ombre remua les colères haineuses
Qui sifflaient, ô poète, ainsi que des serpents.

Lui, buveur altéré, vidant le fond des verres,
De son enseignement prodiguait les lumières,
Et son génie hardi, colosse aux pieds d'airain,
Bravant les cris de haine et les cris de détresse.
En des vers flamboyants du sceau de la sagesse,
Sur les mœurs et le temps pesait en souverain.

Il répandit ainsi son âme goutte à goutte
Sans jamais devant lui voir se dresser le doute ;
Puis, attendant la fin, sans pâlir, plein d'ardeur,
Il mourut en lançant sa dernière parole ;
La mort fit à son front resplendir l'auréole,
Comme au soldat blessé qui tombe au champ d'honneur.

Maintenant il dort dans sa gloire
Le grand poète dont l'histoire
Garde le nom au livre d'or ;
Celui qu'ont acclamé les pères,
Celui qu'aux époques dernières
Les fils applaudiront encor.

Car chaque siècle à son passage,
Jaloux d'ajouter à l'hommage
Que lui voue un siècle passé,
Élève — statue ou portique —
Le piédestal de marbre antique
Où ses devanciers l'ont placé.

LA VIE

A CHARLES BATAILLE.

> *Homo natus de muliere*
> *brevi vivens tempore repletur*
> *multis miseriis.*
>
> Liv. de Job.

Descendons lentement la pente de la vie
Sans souci du chemin qui mène à l'inconnu ;
Allons à notre tour par la route suivie
Vers l'abîme sans fond d'où nul n'est revenu.

Par les mêmes sentiers, pleins des mêmes épines,
Où nos pères jadis ont traîné leurs douleurs,
Marchons ; nous trouverons devant nous les ruines
De ce qu'ils ont tenté — courageux travailleurs. —

Partout, à chaque pas, quelque monument sombre,
Dans l'histoire d'un temps vaguement esquissé,
De leurs essais jaloux nous redira le nombre,
Et leur loyale ardeur, et leur espoir lassé.

Ici-bas quand tout fait espérer, que tout aime,
Que tout sourit, amuse et flatte — et que tout ment —
Il faut dans le passé, comme dans un emblème,
Trouver l'inexorable et large enseignement.

Les premiers voyageurs dans les routes humaines,
Le front haut, cœur joyeux, s'avançaient en chantant,
De rêves insensés leurs têtes étaient pleines,
Tout leur était nouveau, grand, magique, éclatant.

Ils allaient bravement — âmes vierges et fortes —
Aspirant l'inconnu dans l'air à pleins poumons,
De l'avenir fermé prêts à briser les portes,
Par la terre et les mers, par les bois et les monts.

Ils sentaient s'agiter toutes leurs espérances,
Comme un essaim joyeux dans le fond de leur cœur,
Ils avaient et la foi qui dompte les souffrances
Et l'amour qui rend fier, et fait croire au bonheur.

Nous, nous n'avons plus rien. Nous traînons nos vieil-
Dans un monde aussi vieux et délabré que nous ; [lesses]
Nous avons vu passer, au lieu d'enchanteresses,
Les désillusions, mères des longs dégoûts.

Et las et fatigués, au matin de la vie,
Sans avoir travaillé nous cherchons le repos,
Nous nous laissons aller où l'ombre nous convie,
Ainsi qu'au fond des bois s'endorment les troupeaux.

Nul souffle vigoureux n'agite nos poitrines,
Nous ne croyons à rien, et n'avons pas d'amour,
Vienne un faible ouragan, nous redoutons les cîmes,
Et nos grandes ardeurs ne durent pas un jour.

La douleur est partout qui, sous sa loi fatale,
Nous courbe et nous étreint comme un étau de fer ;
Et nous nous débattons contre la vie égale
Comme font les damnés de Dante en son enfer.

Et nous irons ainsi toujours plus misérables,
Toujours moins courageux et plus désenchantés,
Jusqu'à l'heure où la mort aux rigueurs secourables
Assouvira sur nous ses mornes voluptés.

Car, ainsi que l'a dit en un cri de son âme,
Job, le grand éprouvé, dans ces rudes assauts
Des vices et du mal : *L'homme, né de la femme,*
Vivant peu, doit souffrir ici-bas mille maux.

LES RÊVEURS

A LÉOPOLD FLAMENG.

> Les rêveurs — les hommes à longue vue
> et à longue pensée, les confidents du len-
> demain, habitués à conclure d'un siècle à
> un autre siècle, à calculer non sur un
> jour, mais sur l'ensemble des temps, et à
> lire dans l'histoire l'horoscope de l'avenir
> — ont fait un pacte avec le temps, et
> le temps leur garde toujours la victoire.
>
> Eug. PELLETAN.

Aimer, croire, penser; de toute noble flamme
Sentir un chaud rayon illuminer notre âme;
Nourrir pour le malheur une sainte amitié;
Près de lui doucement, sans l'écraser du pied
Suivre son droit chemin; pour la vertu qui tombe
Avoir de nobles pleurs et prier sur sa tombe;

N'obéir qu'à ces voix qui nous parlent d'amour
Et de fraternité dévoilée au grand jour,
Qui font, dans les esprits alors qu'elles s'élèvent,
L'honnête homme plus grand, et, déchu, le relèvent,
Qui, malheureux, pourraient lui rendre le bonheur;
Tel doit être ici-bas le but du noble cœur.

Quand il souffre, il se tait. Il aime, il croit, il pense,
Et garde aux plus grands maux sa plus grande espérance.

Il aime, car il sent bouillonner en tous lieux
Ces mots qui trop souvent aujourd'hui sonnent creux,
Que nos hommes blasés, ou qui feignent de l'être,
Jettent comme un écho par l'étroite fenêtre
De leur étroit esprit : le beau, le vrai, le bien,
Qu'ils prononcent toujours sans y comprendre rien.
Il sent que tôt ou tard justice doit se faire,
Que le vent du progrès purgera l'atmosphère.
Il croit. C'est un esprit pur et trempé d'honneur,
Et, dans sa foi, debout, il regarde avec peur

Comme un malheur public ces gens à plat visage,

Jetant à chaque instant le mot qui décourage,

Le scepticisme amer qui ravage et corrompt,

Ces hommes qui, vendus, ignorants ou timides,

Disent que la pensée et les cœurs sont arides,

Parce qu'ils sont sans cœur, et qu'ils n'ont rien au front.

Qui s'étonnant, de voir qu'on souffre et qu'on espère,

Niant un avenir qu'ils ne doivent pas faire,

Vers l'adoration cheminent pas à pas

Et blasphèment toujours ce qu'ils ne verront pas.

Il pense. Dans le jour lorsque son œil se voile,

C'est qu'en son rêve d'or il découvre une étoile ;

C'est que de loin, bien loin, là-bas à l'horizon,

Un bruit imperceptible, une harmonie, un son,

Quelque chose de vague, à la forme indécise,

Qui passe dans l'écho, dans l'air et dans la brise,

Est venu doucement à son cœur retentir,

Et qu'il a salué l'âme de l'avenir.

Il se réveille heureux alors : la voix chérie

Longuement a parlé pendant sa rêverie ;

Et les mots échangés, et les propos tenus,
Qui pour lui seul encor ne sont pas inconnus,
Il les laisse tomber un par un sur la terre,
L'esprit est moins captif, et la foule est plus fière.
Recueillie, elle écoute au douloureux séjour,
Et dit tout bas : espoir, liberté, paix, amour!
A lui donc, le penseur, le croyant, le poëte,
A lui le laurier d'or qui doit parer sa tête ;
Mais anathème à ceux qui disent toujours non
Quand l'homme de bien parle, à ces hommes sans nom,
Insensibles, usés, qui passent sur la terre,
Comme des Malthusiens écrasés de matière.

LA DÉMOLITION

(1856)

A PIERRE COURSAGET.

Ils sont chez nous !... maudite votre gloire,
Démolisseurs, maudit votre métier,
Vous qui venez, sans pudeur pour l'histoire,
Planter la pioche au cœur du vieux quartier;
Vous qui sans cesse exclamant vos merveilles;
Vous pâmant d'aise à vos travaux nombreux,
Usez le temps, les trésors et les veilles
A renverser ce qu'ont fait les aïeux !

Ils sont chez nous !... la besogne commence,
Avec fracas tombent les toits obscurs.
Pauvre quartier, ta dernière espérance
S'en va croulant avec tes premiers murs !

Les voyez-vous ces chercheurs de baraques,
Ils ont rasé tout ce qu'ils ont surpris ;
Bientôt, hélas ! pauvre quartier Saint-Jacques,
Ton nom tout seul vivra sur les débris !

C'était trop peu pour cette grande audace
D'avoir changé l'autre rive de l'eau :
Il leur fallait, dans un nouvel espace,
Jeter chez nous leur barbare niveau.
Ils ont trouvé nos places trop étroites,
Nos carrefours sombres et tortueux ;
Ils vont partout, fiers de leurs lignes droites,
Et le front haut de voir qu'on parle d'eux.

Nous qui vivons sans hôtels à portiques,
Sans boulevards et sans les désirer,
Nous préférions ta poésie antique
A tout l'éclat dont on veut te parer,

O vieux Pays ! — Ta rue étroite et sombre
Nous plaisait mieux que leurs trottoirs brillants ;
A leur grand jour nous préférions notre ombre,
Et notre calme à ces attraits bruyants.

Asiles chers qu'ont habités nos pères,
Où les échos disaient encor leur nom,
C'en est donc fait ! vieux hôtels séculaires,
Vous n'obtiendrez ni grâce ni pardon.
Une maison bourgeoise, à votre place,
Un *garni* neuf logeront nos enfants,
Qui chercheront, mais en vain, notre trace
Aux souvenirs que respectaient les ans.

Et jusqu'au bout, quand l'œuvre sera faite,
De ton passé qu'il ne restera rien ;
Quand l'œil content, et relevant la tête,
Un architecte aura crié : C'est bien !

Quand ils auront, de décembre en décombre,
Détruit, bâti, repeint, badigeonné,
Pays latin, tu ne seras qu'une ombre,
Ta dernière heure, hélas aura sonné!

NINETTE.

Quand ridée un jour tu seras,
Mélancolique, tu diras :
   « J'étais peu sage,
« Qui n'usais point de la beauté
« Que sitôt le temps a ôté
   « De mon visage. »
Or' que le ciel est le plus gai,
En ce gracieux mois de mai
   Aimons, mignonne,
Contentons notre ardent désir.
En ce monde n'a de plaisir
   Qui ne s'en donne.

PASSERAT.

Viens contre moi, Ninette,
Penche ta brune tête,
Et parle-moi tout bas ;
Sur ta bouche mi-close
Que ma bouche se pose
Ninon, viens dans mes bras !

Laisse dire le monde ;
Donne ta taille ronde,
Délivre tes cheveux
Des morsures du peigne ;
Viens, Ninon, que j'éteigne
Mes regards dans tes yeux !

Viens : ôte ton corsage,
Fait pour l'œil froid du sage,
Arrache ton fichu ;
Tire ton bas de soie,
Ninon, pour que je voie
Si ton pied est fourchu,

Car dans ton corps aimable,
Ninette, un petit diable
A coup sûr s'est niché,
Avec lequel sans doute,
M'égarant dans ma route,
J'ai fait quelque marché :

J'aime ta gorge blanche,
J'aime ta fine hanche
Au tour voluptueux ;
Ta paupière soyeuse,
Et ta lèvre amoureuse
A rendre un sage heureux !

J'aime, dans le délire,
Les doux mots que t'inspire
Un transport enivrant :
Quand le désir t'entraine,
Et que ma tiède haleine
Baigne ton front brûlant.

Viens : que la pudeur pleure,
Mais que ma joue effleure
Le velours de ta peau ;
Je voudrais qu'il fît sombre,
Afin d'avoir dans l'ombre
Ton œil noir pour flambeau.

Oui, je voudrais, mignonne,
Quand le temps éperonne
Nos rapides instants,
Qu'aux humaines demeures
Fussent toutes nos heures,
Un éternel printemps!

Que toutes nos minutes
Fussent autant de chutes,
Conduisant au bonheur :
Aimons les précipices,
Quand les destins propices
Les recouvrent de fleurs!

MARIETTA.

Envolez-vous, ô Cydalises,
Troupe bruyante aux yeux si doux,
Comme la feuille au temps des brises
    Envolez-vous.

Couvrez vos fronts d'un voile sombre :
Silence, orchestre aux joyeux sons !
Qu'un sanglot rachète le nombre
    De vos chansons.

Une de vos sœurs, la plus belle,
La mutine Marietta
Qu'en nos bras quelqu'ange rebelle
    Un soir jeta.

Marietta la brune est morte ;
Sous la terre gît son corps nu
Et son âme a franchi la porte
De l'inconnu.

Elle qui dépensa tant d'heures
Tant d'heures à se faire aimer
Consomme aux humides demeures
L'hymen amer.

Où donc s'en sont allés si vite
Son jeune temps et sa beauté ?
Où donc es-tu pauvre petite
Reine d'été ?

Par delà les horizons vagues
As-tu retrouvé pour toujours
Soie, bijoux, colliers et bagues,
Folles amours ?

Bals énervants, et jours de fête,
Longs soupers où vient la langueur,
Propos de prince ou de poète,
Nuits de bonheur ?

Tes blanches dents, ô morte, ont-elles
Quelqu'un encor là-bas! là-bas
A mordre de baisers rebelles?
      N'aimes-tu pas?

Ce monde où tous, l'un après l'autre,
Vont se reposer dans l'oubli
Garde-t-il un écho du nôtre,
      Même affaibli?

Hélas! nul soupir, nulle plainte,
Nul son vague à peine entendu
Par la silencieuse enceinte
      N'a répondu.

Au souvenir resté fidèle,
Dans les jardins qu'elle enchanta,
En vain je la cherche et j'appelle :
      Marietta!

Marietta la brune est morte,
Sous la terre gît son corps nu,
Et son âme a franchi la porte
      De l'inconnu.

Envolez-vous, ô Cydalises,
Troupe bruyante aux yeux si doux,
Comme la feuille au temps des brises,
Envolez-vous!

COURTISANES.

Mesdemoiselles les Saphos
Qui peuplez le monde interlope,
Dont, à des cœurs absents ou faux,
Le maigre corps sert d'enveloppe,

Vous n'avez point l'esprit si sot,
Quand on vous dit qu'on vous adore,
De croire le plus petit mot
De cette guitare sonore.

4

Si dans le fond de votre cœur
Vous aviez cette outrecuidance,
Et que votre grand air vainqueur
Nourrit une folle espérance,

Jetez au vent, je vous le dis,
Cette illusion très-profonde,
Et prenez de moi cet avis
De connaître un peu votre monde.

Quand les désirs inapaisés,
Qui font trembler comme les fièvres,
Se fondent en brûlants baisers
Sous les lèvres touchant vos lèvres,

Quand on se laisse entre vos bras
Aller aux caresses malsaines,
Non ! non ! l'on ne vous aime pas,
Nos orgueilleuses souveraines.

Ceux-là de vos divers amants
Que vers vous guide la jeunesse
Ont pris au pays des vingt ans
Quelque chimère enchanteresse ;

Rêves insensés ! idéal !
Qui fermentez au fond des âmes,
Et dont nous souffrons, c'est le mal
Qu'on croit guérir avec ces femmes.

Et chacun s'en vient, tour à tour,
Refaire encor les offres faites ;
Virginité du cœur, amour,
Élan généreux.... Pauvres bêtes !

Vous parlez à ces oiseaux bleus
La langue aux notes inconnues ;
Et les languissants amoureux
Leur semblent tomber tous des nues.

Ce qu'il leur faut, c'est le sabbat :
Vivre gaiement, et vivre vite ;
Et si parfois leur cœur palpite,
C'est pour un gredin qui les bat.

Et les bons illusionnés,
Venus pour filer des idylles,
Avant huit jours fuient étonnés
De les trouver toutes si viles.

CHARLES GILLE ([1]).

A BARRILLOT.

C'est ainsi que là-bas, dans sa dernière veille,
Pendant qu'un bruit de mort frôlait à son oreille,
Songeur, il regardait venir dans le lointain
Ce jour qui n'aurait pas pour lui de lendemain.
Il était fort pourtant, mais à l'heure dernière
Il douta ; son passé : la faim et la misère,
Se dressa devant lui, jetant pour en finir
Comme un défi lugubre à tout son avenir.

[1] Chansonnier d'un talent original et vigoureux, a fait *les Marins du vaisseau* LE VENGEUR, *le Bataillon de la Moselle*, et beaucoup d'autres morceaux devenus populaires. Il est mort laissant à peine ébauché un livre fantastique dont il se plaisait à nous parler, et qu'il intitulait : *une Loge de roi au Théâtre de l'Avenir.*

La misère l'a tué, et c'est un nom de plus à inscrire au martyrologe des poètes.   *(Note de l'auteur.)*

Alors autour de lui des voix intérieures
S'en venaient lui parler des époques meilleures,
Et lui, ployant le front sous le pesant souci,
Se surprenait tout bas à leur répondre ainsi :
« Vous qu'un âge d'amour et d'ivresse éternelle
Fit éclore un matin au front de mon printemps,
Formant, roses et frais, l'auréole si belle
Et le prisme enchanté de mes plus jeunes ans,
Envolez-vous, hélas ! l'aile froide et mouillée,
Rêves, pauvres oiseaux jadis tant caressés,
Qui veniez me sourire ! Ah ! mon âme est souillée,
Et nul n'y vivra plus de ceux que j'ai bercés.
Tous, vous voliez en rond, et chantiez sur ma tête,
Et j'osais espérer un écho pour vos chants,
Sans penser que la vie est toujours la tempête,
Et que j'y sombrerais, n'étant pas des méchants ?
Allons ! gloire rêvée, orgueilleuse espérance,
Évanouissez-vous dans la nuit de mon cœur !
Je parlais d'avenir, de beaux jours, ô démence !
Le destin m'a raillé de son rire moqueur,

Je parlais d'avenir, et la misère humide,

A la face éhontée, aux doigts longs et crochus,

A, pour les enfouir dans sa tanière avide,

Saisi sur mon chemin tous mes espoirs déchus.

Oui, j'avais entrevu des horizons magiques,

Et, là-bas, au lointain, briller comme un flambeau,

Des couronnes, des fleurs... Mais de ses dents cyniques

La pauvreté me mord — ce sauvage corbeau.

Partez ! envolez-vous ! Ce n'est pas la torture,

L'angoisse de l'esprit qu'il faut à vos chansons :

Avec moi vous mourriez... ailleurs dans la nature,

Vous trouverez un cœur libre des noirs frissons.

— Les obstacles jetés par les temps où nous sommes,

L'envie au pied rampant, et la haine des hommes.

Le danger, la douleur, la sympathie!... enfin,

J'avais prévu, pesé tout — excepté la faim,

Qui courbe l'homme fort, l'avilit, le déprave.

Elle est là devant moi. Fantôme, je te brave!

Je te brave et je meurs. Sur le fatal chemin,

Moreau m'a devancé ; Gérard m'y tend la main.

Il est allé vers toi, son frère en poésie,
Toi qui fus son ami; fils de la fantaisie,
O Gérard! qu'as-tu dit, en le voyant venir
Pâle encor? Pauvre Gille! il a dû bien souffrir!

Ainsi s'en sont allés tant de pauvres poètes
Qui passaient loin de nous en rêvant des conquêtes :
Malfilâtre, Moreau, Nerval, Gille ; au hasard
Abandonnant leurs jours brûlés du feu de l'art.
Pélerins égarés au chemin de la vie,
Ils ont semé d'amour la route poursuivie,
Au titre de martyrs ils ont conquis leurs droits,
Et leur couronne vaut la couronne des rois.
Adieu, dans la demeure où vos âmes s'envolent,
Où de leurs chants d'amour les anges vous consolent,
Dans l'éternel séjour par delà le ciel bleu
D'où l'on ne revient pas pleurer sur terre, adieu !

LES SERPENTS.

O femmes brunes, femmes blondes
Et châtaines — rousses aussi —
Vous qui, toujours, de tous les mondes,
Fûtes la joie et le souci,

O mangeuses de pommes rondes
Dans le paradis comme ici,
Qui, *plus perfides que les ondes,*
N'octroyez grâce ni merci,

En vain les pédants de la terre ,
Dans leurs figures de grammaire ,
Vous classent parmi les serpents ;

Serpents ont sur vous en partage
Un incontestable avantage :
Ils font peau neuve tous les ans.

LES LARMES.

I.

Chaque fois qu'ici-bas, jetant à l'espérance
Un long dernier adieu dans un dernier soupir,
Un mortel s'en revient, et que de son absence
La cloche dans les airs se met à retentir,

Il se fait entre tous un douloureux silence ;
Chacun fouille en son cœur quelque vieux souvenir,
Ses plus et mieux aimés aux jours de l'existence
Voudraient fuir avec lui vers le sombre avenir.

Eh bien ! gardons nos pleurs pour quand de la jeunesse
Meurt une illusion, et que l'enchanteresse
Qui rayonnait au cœur prend son vol et s'en va ;

Car tous les jours le nid se vide, et puis vient l'heure
Où nous restons ainsi, solitaire demeure,
L'âme n'ayant plus rien de ce qu'elle rêva.

II.

Mais où donc fuyez-vous ? quel souffle vous enlève,
Anges inspirateurs des printemps amoureux ?
Vous retrouve-t-on pas au doux pays du rêve,
Par delà l'horizon et les nuages bleus ?

Quand vous l'avez bercé, l'homme vous suit sans **trève**,
Quel souffle a dispersé vos tourbillons joyeux ?
Combien restent encor, plein de vie et de sève,
Et que vous saluez des éternels adieux !

Hélas ! l'illusion qui nous effleure et passe,
L'homme dont l'agonie a sonné dans l'espace,
Peut-être se sont joints aux pays inconnus ;

Mais de celui qui tombe, ou de celui qui reste
Vivant, déshérité de tout espoir céleste,
Ce n'est pas le premier qu'il faut pleurer le plus.

LE DERNIER RENDEZ-VOUS.

es cheveux ruisselants sur ton épaule nue
 Tombent en gerbes d'or ;
Et je te dis merci d'être vers moi venue
 Pour une fois encor.

Puisque le doux lien qui nous unit ensemble
 Demain va se briser,
Merci d'avoir porté ton épaule qui tremble
 A mon dernier baiser.

Embrassez-moi bien fort ; je ne veux pas qu'on pleure,
 Nous n'avons pas le temps :
Faisons revivre, amie, encor pendant une heure,
 Notre joyeux printemps.

Nous irons tous les deux désormais par le monde,
　　　　L'un à l'autre étrangers,
Vous serez épousée, ô jeune fille blonde,
　　　　Les temps seront changés.

Et si, quand près de moi vous passerez hautaine,
　　　　Au bras de votre époux,
Un regard trahissait que ma poitrine est pleine
　　　　De sarcasmes jaloux,

Vous auriez, vous, le droit, sachant comme on me nomme,
　　　　De détourner vos pas,
Ou bien, avec fierté, dire : Quel est cet homme?
　　　　Je ne vous connais pas!

Mais puisque je t'ai là, dans mes bras, folle tête,
　　　　Jurons le souvenir,
Et dans ce court moment que le bon Dieu nous prête,
　　　　Prenons tout l'avenir.

TRIOLETS.

A Mlle M***.

Quand je vous vis, je vous aimai ;
Vous en souvenez-vous Marie ?
C'était pendant le mois de mai,
Quand je vous vis, je vous aimai.
L'air était tiède et parfumé,
La nature était refleurie ;
Quand je vous vis je vous aimai ;
Vous en souvenez-vous, Marie ?

J'ai senti mon cœur me quitter,
Pour s'enfuir aux lieux où vous êtes ;
Et sans chercher à l'arrèter,
J'ai senti mon cœur me quitter.

4 *

Mais je suis à me lamenter
Sur le destin que vous lui faites ;
J'ai senti mon cœur me quitter
Pour aller aux lieux où vous êtes.

Dites-moi que vous reviendrez
Quelque beau jour... demain, peut-être ;
Et que vous le rapporterez.
Dites-moi que vous reviendrez.
L'espérance en moi va renaître,
Et j'aurai des rêves dorés,
Dites-moi que vous reviendrez
Quelque beau jour... demain peut-être.

BALLADE D'OUTRE-RHIN

A EUGÈNE MULLER.

La nuit marche lentement.
Pas d'astres au firmament
    Qui dansent ;
Jetant haut leurs cris mutins,
Dans la forêt les lutins
    S'élancent.

On les voit tourner, valser
En rond ; on entend passer
    La brise,
Dont la gémissante voix
Heurtée aux angles des bois,
    Se brise.

Là-bas au fond du vallon
Se reflète un blanc rayon.
Prodige
A donner chair de poulet !
Dans les airs un feu follet
Voltige !

Le feuillage est arraché,
Et les arbres ont penché
Leurs cîmes,
Semblables à des géants
Inclinés sur de béants
Abìmes.

On entend comme un cheval ;
Et son galop infernal
Résonne.
Il a du sang aux genoux,
Il mugit, rompt les cailloux,
Et tonne.

Sur son dos un cavalier,
Portant un rouge cimier,
    L'excite,
Et sous l'éperon mordant
Le flanc du coursier brûlant
    Palpite.

Le feux sort de ses naseaux ;
Comme un Triton dans les eaux,
    Il plonge
A travers l'espace étroit ;
Et la route toujours droit
    S'allonge.

Ils vont, l'homme et l'animal,
Précipitant dans le val
    Leur marche ;
Devant, derrière, et près d'eux
A travers le chemin creux
    Tout marche.

Les collines, les vallons,
Les grands arbres, les grands monts,
        Tout passe,
Par bonds insensés tout fuit,
Et dévore dans la nuit
        L'espace.

Et, vont ainsi jusqu'au jour
Le cavalier et sa cour.
        L'aurore
Les dissipe, mais le soir
Avec l'ombre on croit les voir
        Encore.

Aucuns m'ont dit : C'est la mort
Qu'un cavalier noir, le sort,
        Irrite,
Mais c'est, disent les bandits,
Satan qui fait aux maudits
        Visite.

SONNET.

Par les verts chemins de l'adolescence,
Où l'on va quêtant au loin l'avenir,
Bras dessus-dessous avec l'espérance,
J'ai passé jadis sans rien voir venir.

Tout n'était qu'amour, rêves et croyance,
Fleurs de mai cherchant à s'épanouir;
Au fond de nos cœurs chantaient en cadence
Mille illusions, reines du désir.

Hélas ! vient l'hiver glaçant fleur et feuille.
Les illusions que la vie effeuille
Vont l'une après l'autre au linceul d'oubli ;

Et dans sa prison notre âme grelotte
Comme en son cercueil un enseveli ;

. . . .

Seul, le souvenir nous parle à voix haute.

TABLE.